*** Die lauernde Angst ***

Howard Phillips Lovecraft im Jahre 1915

Thomas M. Meine (Ü./Hg.)

DIE LAUERNDE ANGST
von H.P. Lovecraft

Eine fantastische Horrorgeschichte von 1922.
Erstmals wurde sie im Jahre 1923 in der Zeitschrift
'Home Brew' abgedruckt und später im bekannten
'Pulp'-Magazin 'Weird Tales' (Ausgabe Juni 1928).
Es folgten weitere Veröffentlichungen.

Bibliografische Information der Deutschen Nationalbibliothek

Die Deutsche Nationalbibliothek verzeichnet diese Publikation in der Deutschen Nationalbibliografie; detaillierte bibliografische Daten
sind im Internet über http://dnb.dnb.de abrufbar.

Herstellung und Verlag:

BoD – Books on Demand, Norderstedt

© 2023 Thomas M. Meine

ISBN 9 783756 860821

INHALT

DIE LAUERNDE ANGST

VORWORT DES ÜBERSETZERS:
Das Magazin WEIRD TALES

Das Magazin *Weird Tales* erschien erstmals im Jahre 1923 und war eine der Grundlagen für die entstehende 'Pulp'-Literatur. Der Name entstammt dem englischen 'wood-pulp' (Holzbrei), ein Hinweis auf einfaches, sehr holzhaltiges Papier und auf die billige Herstellung.

Die Pulp-Magazine, auch einfach 'Pulp' genannt beschäftigten sich mit verschiedenen Genres aus den Bereichen Western-, Kriegs-, Horror- oder Kriminalgeschichten, mit einer späteren Verlagerung mehr auf Science-Fiction und Mystery. Besonders populär waren die Hefte in den 1930er bis 1950er-Jahren. Mit Pulp-Fiction wird auch oft Trivial- oder Schundliteratur bezeichnet, später waren es die sogenannten 'Groschenromane', in denen meist mehrere Kurzgeschichten zusammengefasst sind.

Wer unkomplizierte, dennoch packende Unterhaltung mag, der kann sich an den zahlreichen, kurzen Geschichten, oft nur wenige Seiten, mehr oder weniger erfreuen; auf alle Fälle wird keine Zeit verschwendet, um am Ende eines 600 Seiten starken Buches festzustellen, dass es doch nicht der 'Knüller' war, der den Aufwand gelohnt hat und den man nach gelesenen 250 Seiten nicht einfach vergessen kann, wie das bereits bezahlte Bier, das man trotz aufkommender Bauchschmerzen trotzdem noch leert.

Die Herausgeber hatten das *Weird Tales* Magazin mit den folgenden Worten auf den Markt gebracht:

Gruselgeschichten — oder auch 'Gänsehaut'-Geschichten — werden von Zeitschriftenredakteuren in der Regel gemieden. Nur wenige, wenn überhaupt, werden eine solche Geschichte in Betracht ziehen, egal wie interessant sie auch sein mag. Sie glauben, dass das Publikum diese Art von Fiktion nicht will. Wir sind jedoch anderer Meinung. Wir glauben, dass es Zehntausende — vielleicht Hunderttausende — von intelligenten Lesern gibt, die wirklich Spaß an 'Gänsehaut'-Geschichten haben. Daher: Weird Tales — Das einzigartige Magazin, März 1923

Viele der großen und später berühmten Autoren dieser Genres veröffentlichten den Hauptteil ihrer Geschichten in diesem Magazin. Die erste Ausgabe war 192 Seiten stark und enthielt 24 Erzählungen und einen Fortsetzungsroman. Der Preis betrug damals 25 US-Cents. Für die Erstausgabe in gutem Zustand wird man heute wohl einen fünfstelligen Euro-Betrag hinblättern müssen.

DIE LAUERNDE ANGST

I. Der Schatten beim Kamin

Es donnerte heftig in der Nacht, als ich zu dem verlassenen Herrenhaus auf dem Tempest Mountain hinaufging, um die lauernde Angst zu suchen. Ich war nicht allein, denn damals mischte sich Tollkühnheit noch nicht mit meiner Liebe zum Grotesken und Schaurigen, die mein Leben zu einer Reihe von Suchen nach gespenstigen Ereignissen in der Literatur, wie auch im wahren Leben, gemacht hatte.

Mit mir waren zwei treue und muskelbepackte Männer gekommen, nach denen ich geschickt hatte, als die Zeit gekommen war – Männer, die mich schon seit Langem wegen ihrer besonderen Eignung bei meinen schaurigen Erkundungen begleitet hatten.

Wir waren ohne viel Lärm zu machen aus dem Dorf aufgebrochen, wegen der Reporter, die nach der schrecklichen Panik vor einem Monat – diesem Albtraum des umherschleichenden Todes – noch immer herumlungerten. Später, so dachte ich, könnten sie mir behilflich sein, aber zu jenem Zeitpunkt brauchte ich sie nicht.

Heute wünschte bei Gott, ich hätte sie an der Suche teilhaben lassen, damit ich das Geheimnis nicht so lange allein mit mir herumgetragen hätte – allein deshalb, weil ich Angst hatte, die Welt würde mich für verrückt halten oder selbst verrückt werden, angesichts der dämonischen Auswirkungen der Sache.

Jetzt, wo ich es ohnehin erzähle, damit mich das ständige Grübeln nicht wahnsinnig macht, wünschte ich, ich hätte die Sache nie verheimlicht. Denn ich – und nur ich allein – weiß, welche Art von Angst auf diesem gespenstischen und trostlosen Berg lauerte.

In einem kleinen Auto fuhren wir kilometerweit durch urzeitlichen Wald und Hügel, bis der bewaldete Anstieg die Weiterfahrt stoppte. Die Landschaft wirkte bei Nacht und ohne die gewohnte Anzahl der gerade in der Sache ermittelnden Beamten noch düsterer als sonst, sodass wir oft versucht waren, die Karbid-Scheinwerfer des Wagens zu benutzen, trotz der unerwünschten Aufmerksamkeit, die wir dadurch hätten erregen können.

Die Landschaft erschien nach Einbruch der Dunkelheit keineswegs einladend, und ich glaube, ich hätte ihre Morbidität auch dann gespürt, wenn ich nichts von dem Grauen gewusst hätte, das dort lauerte. Wilde Tiere gab es keine – sie spüren es und verhalten sich klug, wenn der Tod sein grinsendes Gesicht in der Nähe zeigt.

Die uralten, von Blitzen vernarbten und im Wuchs verdrehten Bäume wirkten unnatürlich groß, und die übrige Vegetation war ungewöhnlich dicht und lebhaft, während seltsame Hügel und Buckel in der mit Unkraut übersäten, von Blitzröhren durchzogenen Erde mich an Schlangen und auf gigantische Ausmaße angeschwollene Totenschädel erinnerten.

Schon seit mehr als einem Jahrhundert lauert die Angst auf dem Tempest Mountain. Das konnte ich recht schnell den Zeitungsberichten über die Katastrophe entnehmen, welche die Gegend zum ersten Mal ins Bewusstsein einer größeren Öffentlichkeit gebracht hatten.

Der Ort eine abgelegene, einsame Erhebung in jenem Teil der Catskills, einem Ausläufer der Apalachen, wo sich einst die Holländer in der ersten Hälfte des 17. Jahrhunderts spärlich und kurz ausbreiteten und bei ihrem Rückzug nur ein paar verfallene Herrenhäuser und degenerierte Siedler zurückließen, die in erbärmlichen Weilern an abseits gelegenen Hängen hausten.

Bis zur Gründung der Staatspolizei wurde der Ort nur selten von normalen Menschen aufgesucht, und auch jetzt patrouillieren hier nur gelegentlich berittene Polizisten in der Gegend.

Die dort und in den umliegenden Dörfern grassierende Angst basiert auf alten Überlieferungen und ist ein Hauptthema in den einfachen Unterhaltungen der armen Mongrels, einer Mischlingsbevölkerung, die sich aus den ursprünglich dort lebenden Munsee gebildet hat, von denen viele den von den Holländern eingeschleppten, europäischen Krankheiten zum Opfer gefallen sind. Zuweilen verlassen einige von ihnen ihre Täler, um handgeflochtene Körbe gegen primitive, für sie notwendige Dinge einzutauschen, die sie nicht jagen, anbauen oder herstellen können.

Die lauernde Angst hauste in dem gemiedenen und verlassenen Martense Herrenhaus, das die hohe, allmählich ansteigende Erhebung krönte, deren Exponiertheit bei häufigen Gewittern ihr den Namen 'Tempest Mountain' – Gewitterberg – einbrachte.

Mehr als einhundert Jahre lang war das uralte, von einem Hain umgebene Steinhaus schon Gegenstand unglaublich wilder und monströser Geschichten; Geschichten von einem lautlosen, gewaltigen, herumkriechenden Tod, der im Sommer die Gegend heimsuchte.

Mit winselnder Beharrlichkeit erzählten die Siedler Geschichten von einem Dämon, der nach Einbruch der Dunkelheit einsame Wanderer packte und sie entweder mit sich riss oder in einem schrecklich angefressenen Zustand zurückließ; und manchmal tuschelten sie auch etwas über Blutspuren, die in Richtung des entfernten Herrenhauses führten. Einige sagten, der Donner rufe die lauernde Angst aus ihrer Behausung hervor, während andere meinten, der Donner sei ihre Stimme.

Niemand außerhalb dieser abgelegenen Waldgebiete glaubte diese unterschiedlichen und widersprüchlichen Geschichten mit ihren zusammenhanglosen und übertriebenen Beschreibungen des nur halb erahnten Dämons; dennoch zweifelte keiner der ansässigen Bauern oder Dorfbewohnern daran, dass im Martense Herrenhaus ein Gespenst herumspukt. Die lokale Geschichte verbot einen solchen Zweifel, obwohl die Ermittler, die das Gebäude nach einer besonders anschaulichen Erzählung der Siedler aufgesucht hatten, nie einen geisterhaften Beweis gefunden hatten.

Die Großmütter vor Ort erzählten seltsame Mythen über das Gespenst von Martense, Mythen über die Familie Martense selbst, ihre seltsame, vererbte Unterschiedlichkeit der Farbe beider Augen, ihre lange, unnatürliche Familiengeschichte und den Mord, der einen Fluch über sie gebracht habe.

Das Grauen, das mich an diesen Ort verschlagen hatte, wurde zu einer plötzlichen und unheilvollen Bestätigung der wildesten Legenden der Bergbewohner.

In einer Sommernacht, nach einem Gewitter von noch nie da gewesener Heftigkeit, wurde das Land durch eine Massenhysterie aufgeschreckt, die von keiner reinen Wahnvorstellung hätte hervorgerufen werden können. Die bedauernswerten Scharen von Einheimischen schrien und jammerten über das unbeschreibliche Grauen, das über sie hereingebrochen war, und niemand zweifelte ihre Worte an.

Sie hatten es nicht gesehen, aber sie hatten solche Schreie aus einem ihrer Dörfer gehört, dass sie wussten, ein schleichender Tod war gekommen.

Am Morgen folgten Bürger und berittene Polizisten den zitternden Bergbewohnern zu dem Ort, an dem der Tod eingetreten sein soll – und der Tod war tatsächlich da. Der Boden unter einem der Dörfer der Siedler hatte sich nach einem Blitzschlag aufgetan und mehrere der schäbigen Hütten wurden dabei zerstört, doch dieser materielle Schaden verblasste völlig vor der organischen Verwüstung. Von den ungefähr fünfundsiebzig Einwohnern dieses Ortes war keine einzige lebende Seele zu entdecken. Der verwüstete Boden war mit Blut und menschlichen Überresten bedeckt, die nur zu deutlich von den Zähnen und Krallen von Dämonen zeugten, doch es führte keine erkennbare Spur von diesem Gemetzel weg.

Allen war sofort klar, dass ein abscheuliches Tier dies angerichtet haben musste, und niemand sprach den Gedanken aus, dass es sich bei diesen rätselhaften Todesfällen lediglich um die in degenerierten Gemeinschaften oft vorkommenden scheußlichen Morde gehandelt habe. Dieser Verdacht kam aber dann doch auf, als man die Körper von etwa fünfundzwanzig der vermuteten

Einwohner nicht unter den Leichen fand, aber selbst dann war es schwer, die Ermordung von fünfzig Menschen durch eine Hälfte dieser Anzahl zu erklären. Unzweifelhaft blieb aber die Tatsache, dass in einer Sommernacht ein Blitz vom Himmel heruntergekommen war und ein totes Dorf zurückgelassen hatte, dessen Leichen auf schreckliche Weise verstümmelt, zermalmt und verkratzt waren.

Das aufgeregte Landvolk brachte den Schrecken sofort mit dem von Geistern heimgesuchten Martense Herrenhaus in Verbindung, obwohl die beiden Orte mehr als drei Meilen voneinander entfernt lagen. Die Polizisten waren skeptischer; sie bezogen das Herrenhaus nur beiläufig in ihre Untersuchungen ein und ließen die Sache ganz fallen, als sie es völlig verlassen vorfanden.

Die Leute aus den umliegenden Landstrichen und aus den Dörfern untersuchten den Ort jedoch mit großer Sorgfalt, krempelten alles im Haus um, loteten Teiche und Bäche aus, schlugen Büsche ab und durchstöberten die nahe gelegenen Wälder. Alles war vergeblich; der Tod, der gekommen war, hatte keine Spur hinterlassen, außer der Zerstörung selbst.

Am zweiten Tag der Suche wurde die Angelegenheit von den Zeitungen, deren Reporter den Tempest Mountain überrannten, ausführlich behandelt. Sie schilderten den Fall sehr detailliert und führten viele Interviews, um die Geschichte des Grauens zu erhellen, wie sie von den ortsansässigen Großmüttern erzählt wurde.

Ich verfolgte die Berichte zunächst nur zögernd, denn ich bin ein guter Kenner des Grauens; aber nach einer Woche spürte ich eine Atmosphäre, die mich seltsam erregte, sodass ich mich am 5. August 1921 unter die Reporter begab, die das Hotel und offizielle Hauptquartier der Nachforschenden in Lefferts Corners, dem nächstgelegenen Dorf von Tempest Mountain, bevölkerten.

Drei Wochen später und nachdem sich die meisten Reporter wieder in alle Winde verstreut hatten, konnte ich endlich ungehindert mit meiner schrecklichen Erkundung beginnen, die sich auf die minutiösen Nachforschungen und Umfragen stützte, mit denen ich mich in der Zwischenzeit beschäftigt hatte.

So verließ ich also in dieser Sommernacht, während in der Ferne der Donner grollte, das abgestellte Automobil und stapfte mit zwei bewaffneten Begleitern die letzten, mit Erdhügeln bedeckten Ausläufer des Tempest Mountain hinauf und richtete die Strahlen einer elektrischen Taschenlampe auf die gespenstischen grauen Wände, die durch die riesigen Eichen vor mir auftauchten.

In dieser makabren nächtlichen Einsamkeit und der schwachen, wechselnden Beleuchtung verströmte dieses riesige kastenartige Gebäude düstere Andeutungen des Grauens, welche der Tag nicht enthüllen konnte; dennoch zögerte ich nicht, denn ich war mit dem festen Vorsatz gekommen, einen bestimmten Gedanken zu überprüfen. Ich glaubte, dass der Donner den Todesdämon aus irgendeinem furchterregenden, geheimen Ort gerufen hatte; und ob dieser Dämon nun ein reales Wesen oder ein nebelhaftes Übel war – ich wollte ihn sehen.

Ich hatte die Ruine zuvor gründlich durchsucht und kannte daher mein Umfeld gut. So wählte ich als Ort meiner Nachtwache das alte Zimmer von Jan Martense aus, dessen Mord in den ländlichen Legenden eine so große Rolle spielt. Ein geheimnisvoller Einfluss ließ mich spüren, dass die Wohnung dieses früheren Opfers für meine Zwecke am besten geeignet sein würde.

Das etwa zwanzig Fuß im Quadrat große Zimmer, enthielt, wie auch die anderen Räume, einigen Trödel, der einst zum Mobiliar gehörte. Es befand sich im zweiten Stock an der südöstlichen Ecke des Hauses und hatte ein riesiges Ostfenster und ein schmales Südfenster, die beide keine Scheiben oder Fensterläden mehr hatten. Gegenüber dem großen Fenster befand sich ein riesiger holländischer Kamin mit Kacheln biblischer Darstellungen, die den verlorenen Sohn darstellten, und gegenüber dem schmalen Fenster war ein geräumiges Bett in die Wand eingebaut.

Als der von den Bäumen gedämpfte Donner lauter wurde, legte ich die Einzelheiten meines Plans fest. Zuerst befestigte ich drei mitgebrachte Strickleitern nebeneinander am Sims des großen Fensters. Ich wusste, dass sie zu einer geeigneten Stelle auf dem Gras draußen hinunterreichten, denn ich hatte das bereits nachgeprüft.

Danach schleppten wir zu dritt aus einem anderen Zimmer ein breites Himmelbettgestell und schoben es seitlich an das Fenster. Nachdem wir es mit Tannenzweigen bedeckt hatten, streckten sich alle darauf aus und hielten die automatischen Waffen bereit; zwei entspannten sich, während der dritte Wache hielt.

Aus welcher Richtung der Dämon auch kommen mochte, wir hatten in jedem Fall unsere Möglichkeiten zur Flucht. Wenn er aus dem Inneren des Hauses kommen würde, hatten wir die Strickleitern am Fenster, und wenn er von außen eindringt, die Tür und die Treppe. Nach den bisherigen Erfahrungen zu urteilen, glaubten wir nicht, dass er uns, selbst im schlimmsten Fall, weit verfolgen würde.

Ich hielt Wache von Mitternacht bis ein Uhr nachts, als ich mich trotz des unheimlichen Hauses, des ungeschützten Fensters und der herannahenden Donnerschläge und Blitze seltsam schläfrig fühlte.

Ich befand mich zwischen meinen beiden Begleitern, George Bennett auf der Seite zum Fenster und William Tobey zum Kamin hin. Bennett schlief, da er offenbar die gleiche ungewöhnliche Schläfrigkeit verspürte wie ich, und so bestimmte ich Tobey für die nächste Wache, obwohl auch er drohte, einzunicken. Es war merkwürdig, wie gespannt ich immer wieder auf den Kamin gestarrt hatte.

Das zunehmende Donnern muss seine Wirkung auf Träume gehabt haben, denn in der kurzen Zeit, in der ich schlief, hatte ich apokalyptische Visionen.

Einmal wachte ich beinahe auf, wahrscheinlich weil der Schläfer am Fenster unruhig einen Arm auf meine Brust gelegt hatte. Ich war nicht wach genug, um zu sehen, ob Tobey seinen Pflichten als Aufpasser nachkam, aber ich spürte in dieser Hinsicht eine deutliche Beunruhigung. Noch nie zuvor hatte mich die Gegenwart des Bösen so sehr bedrängt. Später muss ich wieder fest eingeschlafen sein, denn mein Geist wurde aus einem geisterhaften Chaos herausgerissen, als die Nacht zum Grauen wurde, erfüllt von Schreien, die alles übertrafen, was ich bisher erlebt oder mir vorgestellt hatte.

In diesen Schreien steckte die innerste Seele der menschlichen Angst und Qual, die sich, verzweifelt und verrückt, an die dunklen Pforten des Vergessens krallte.

Ich erwachte in glühendem Wahnsinn, von Hexerei verspottet, während diese phobische und reine Angst in unvorstellbaren Bildern immer weiter hinunter zurückwich und widerhallte. Es gab kein Licht, aber der leere Platz zu meiner Rechten verriet mir, dass Tobey fort war, Gott allein wusste wohin. Über meiner Brust lag noch immer der schwere Arm des Schläfers zu meiner Linken.

Dann kam der verheerende Blitzschlag, der den ganzen Berg erschütterte, die dunkelsten Ecken des uralten Hains erhellte und den Erzvater der gewundenen Bäume im Wald zertrümmerte. Im dämonischen Blitz eines monströsen Feuerballs schreckte der Schläfer plötzlich auf, während das grelle Licht jenseits des Fensters seinen Schatten lebhaft auf den Schornstein über dem Kamin warf, von dem meine Augen nie abgewichen waren.

Dass ich noch lebe und bei Verstand bin, ist ein Wunder, das ich nicht begreifen kann. Ich kann es nicht begreifen, denn der Schatten auf dem Schornstein war nicht der von George Bennett oder irgendeinem anderen menschlichen Wesen, sondern von einer blasphemischen Abnormität aus den untersten Kratern der Hölle; eine namenlose, unförmige Abscheulichkeit, die kein Verstand vollständig erfassen und keine Feder auch nur ansatzweise beschreiben kann.

In einer weiteren Sekunde war ich allein in dem verfluchten Herrenhaus, zitternd und stammelnd. George Bennett und William Tobey hatten keine Spuren hinterlassen, nicht einmal die eines Kampfes.

Man hat nie wieder etwas von ihnen gehört.

II. Ein Vorübergehender im Sturm

Nach diesem schrecklichen Erlebnis in dem dicht vom Wald umgebenen Herrenhaus lag ich noch tagelang nervös und erschöpft in meinem Hotelzimmer in Lefferts Corners. Ich weiß nicht mehr genau, wie es mir gelungen ist, das Auto zu erreichen, es zu starten und unbeobachtet zurück ins Dorf zu schlüpfen, denn ich habe keine eindeutige Erinnerung, außer an die riesigen, wild mit den Armen fuchtelnden Bäume, das dämonische Donnergrollen und den höllischen Schatten über niedrigen Hügeln hinweg, welche über die Gegend verstreut waren.

Als ich am ganzen Körper zitternd über die Erscheinung dieses das Gehirn zermarternden Schattens grübelte, wusste ich, dass ich schließlich einen der schlimmsten Schrecken auf dieser Erde ausgemacht hatte – einen namenlosen Pesthauch aus der fernen Leere, dessen leises dämonisches Kratzen wir manchmal am äußersten Rand des Daseins hören, vor dem uns aber unsere eigene endliche Sicht einen gnädigen Schutz gewährt.

Den Schatten, den ich gesehen hatte, wagte ich kaum, zu untersuchen oder zu identifizieren. Irgendetwas hatte in dieser Nacht zwischen mir und dem Fenster befunden, aber ich erschauderte immer dann, wenn ich den Wunsch es zu erklären nicht abschütteln konnte. Wenn es nur geknurrt oder gebellt oder kichernd gelacht hätte – selbst das hätte die abgrundtiefe Abscheulichkeit gemildert. Aber es war so still. Es hatte einen schweren Arm oder ein Vorderlauf auf meine Brust gelegt … offensichtlich war es organisch, oder es war einmal organisch gewesen … Jan Martense, in dessen Zimmer ich eingedrungen war, lag auf dem Friedhof in der Nähe des Herrenhauses begraben … Ich muss Bennett und Tobey finden, falls sie noch lebten … warum hatte es sie ausgesucht und mich bis zum Schluss übrig gelassen? … Die Müdigkeit ist so erdrückend, und die Träume sind so schrecklich …

Schon bald wurde mir klar, dass ich jemandem meine Geschichte erzählen musste, um nicht völlig zusammenzubrechen. Ich hatte bereits beschlossen, dass ich die Suche nach der lauernden Angst nicht aufgeben würde, denn in meiner unbesonnenen Unwissenheit schien es mir, dass Ungewissheit schlimmer war als Aufklärung, wie schrecklich Letztere auch sein mochte. Deswegen überlegte ich, wie ich am besten vorgehen sollte, wem ich mich anvertrauen konnte und wie ich das Wesen aufspüren konnte, das zwei Männer ausgelöscht und einen albtraumhaften Schatten geworfen hatte.

Meine Hauptbekanntschaften in Lefferts Corners waren die leutseligen Reporter, von denen noch einige übrig geblieben waren, um die letzten Eindrücke der Tragödie zu sammeln. Unter ihnen, so beschloss ich, wollte ich einen Begleiter auswählen, und je mehr ich darüber nachdachte, desto mehr tendierte ich zu einem gewissen Arthur Munroe, einem dunklen, hageren Mann von etwa fünfunddreißig Jahren, dessen Bildung, Geschmack, Intelligenz und Temperament ihn als jemanden auszuzeichnen schienen, der nicht an konventionelle Vorstellungen und Erfahrungen gebunden war.

An einem Nachmittag Anfang September hörte sich Arthur Munroe meine Geschichte an, und ich bemerkte von Anfang an, dass er sowohl interessiert als auch verständnisvoll war, und als ich geendet hatte, analysierte und diskutierte er die Sache mit dem größten Scharfsinn und Urteilsvermögen.

Sein Rat war zudem äußerst vernünftig, denn er empfahl, alle Aktivitäten bezüglich des Martense Herrenhauses zu verschieben, bis wir über genauere historische und geografische Daten verfügten. Auf seine Initiative hin durchkämmten wir das Land nach Informationen über die schreckliche Familie Martense und entdeckten einen Mann, in dessen Besitz sich ein bemerkenswert aufschlussreiches Tagebuch seiner Ahnen befand.

Wir sprachen auch ausführlich mit den Mischlings-Bergbewohnern, die sich nicht vor dem Grauen und der Verwirrung in abgelegenere Hänge geflüchtet hatten, und bereiteten uns auf unsere Hauptaufgabe vor – die umfassende und endgültige Untersuchung des Herrenhauses im Lichte seiner detaillierten Geschichte – mit einer ebenso umfassenden und endgültige Untersuchung der Orte, die mit den verschiedenen Tragödien in den Legenden der Siedler in Verbindung standen.

Die Ergebnisse dieser Untersuchung waren zunächst nicht sehr aufschlussreich, doch schien sich bei unseren Auswertungen eine recht signifikante Tendenz abzuzeichnen, nämlich die, dass die Zahl der gemeldeten Schrecken bei Weitem am größten in Gebieten war, die entweder relativ nahe am gemiedenen Haus lagen oder mit diesem durch Ausläufer des krankhaft übernährten Waldes standen.

Es gab Ausnahmen, wie man zugeben muss, denn das Grauen, welches jetzt die Aufmerksamkeit einer breiten Öffentlichkeit auf sich gezogen hat, hatte sich in einem Gebiet ereignet, das sowohl vom Herrenhaus als auch von den angrenzenden Wäldern weiter entfernt war.

Über Art und Aussehen der lauernden Angst war von den verängstigten und geistig zurückgebliebenen Hüttenbewohnern nichts zu erfahren. Sie sprachen im gleichen Atemzug von einer Schlange und einem Riesen, einem Donnerteufel und einer Fledermaus, einem Geier und einem wandelnden Baum.

Wir hielten es jedoch für gerechtfertigt, anzunehmen, dass es sich um einen lebenden Organismus handelte, der sehr empfindlich auf spannungsgeladene Gewitter reagierte; und obwohl einige der Geschichten auf Flügel hindeuteten, glaubten wir, dass seine Abneigung gegen freie Flächen die Fortbewegung auf dem Land wahrscheinlicher machte. Das Einzige, was mit der letztgenannten Ansicht wirklich unvereinbar war, war die Schnelligkeit, mit der sich das Wesen fortbewegt haben musste, um all die ihm zugeschriebenen Taten zu vollbringen.

Als wir die Siedler nach und nach besser kennenlernten, fanden wir sie seltsamerweise in vielerlei Hinsicht liebenswert. Sie waren einfache Wesen, die, aufgrund ihrer unglücklichen Abstammung und verdummenden Isolation, beständig auf der Evolutionsleiter hinabstiegen. Sie fürchteten sich vor Fremden, gewöhnten sich aber langsam an uns und halfen uns schließlich sehr, als wir, auf der Suche nach der lauernden Angst, das gesamte Dickicht entfernten und alle Wände des Hauses einrissen.

Als wir sie darum baten, uns bei der Suche nach Bennett und Tobey zu helfen, zeigten sie sich wirklich verzweifelt. So sehr sie uns auch helfen wollten, wussten sie aber, dass diese Opfer genauso aus der Welt verschwunden waren, wie zuvor ihre eigenen vermissten Leute. Dass eine große Zahl von ihnen tatsächlich getötet und weggebracht, so wie die wilden Tiere längst verscheucht worden waren, davon waren wir natürlich zutiefst überzeugt, und wir warteten besorgt darauf, dass sich weitere Tragödien ereignen würden.

Mitte Oktober waren wir über unsere mangelnden Fortschritte etwas verwirrt. Wegen der klaren Nächte hatten sich keine dämonischen Übergriffe mehr ereignet, und die vollkommen vergeblichen Untersuchung des Hauses und der Umgebung führten uns fast dazu, die lauernde Angst als eine nicht materielle Kraft anzusehen.

Wir befürchteten, dass das kalte Wetter bald kommen und unsere Erkundungen aufhalten würde, denn alle waren sich einig, dass sich der Dämon im Winter im Allgemeinen ruhig verhielt. So lag eine Art Hast und Verzweiflung in unserer letzten Erkundung bei Tageslicht des vom Schrecken heimgesuchten Weilers; ein Weiler, der nun wegen der Angst der Siedler verlassen war.

Dieser vom Unglück heimgesuchte Weiler trug keinen Namen, obwohl es ihn schon lange in einer geschützten, aber baumlosen Kluft zwischen zwei Erhebungen gab, die Cone Mountain bzw. Maple Hill genannt wurden. Er lag näher am Maple Hill als am Cone Mountain, denn einige der einfachen Behausungen waren in der Tat an der Seite der ersteren Erhebung eingegrabene Höhlen.

Geografisch gesehen lag der Ort etwa zwei Meilen nordwestlich des Fußes des Tempest Mountain und drei Meilen von dem von Eichen umgebenen Herrenhaus entfernt. Zwischen dem Weiler und dem Herrenhaus lagen zweieinviertel Meilen vollkommen offenes Land. Die Ebene war mit Ausnahme einiger niedriger sich schlängelnder Hügel ziemlich flach und wies als Vegetation nur Gras und vereinzeltes Unkraut auf.

In Anbetracht dieser Topografie waren wir schließlich zu dem Schluss gekommen, dass der Dämon über den Cone Mountain gekommen sein musste, dessen bewaldete südliche Verlängerung bis in die Nähe des westlichsten Ausläufers des Tempest Mountain reichte. Das aufgeworfene Erdreich konnten wir eindeutig bis zu einem Erdrutsch vom Maple Hill zurückverfolgen, und zu einem hohen, einzeln stehenden, zersplitterten Baum, an dessen Seite der Blitz eingeschlagen war, der den Dämon herbeigerufen hatte.

Als Arthur Munroe und ich mindestens zum zwanzigsten Mal jeden Zentimeter des zerstörten Dorfes genauestens absuchten, überkam uns eine gewisse Entmutigung, gepaart mit vagen und ganz neuen Ängsten.

Es war äußerst unheimlich, nach solch überwältigenden Ereignissen auf einen so vollkommen leeren Ort ohne jegliche Spuren zu treffen, selbst wenn man, wie ich, an schreckliche und unheimliche Dinge gewöhnt war. Wir gingen unter dem bleiernen, sich verdunkelnden Himmel mit jenem tragischen und ziellosen Eifer umher, der aus einem kombinierten Gefühl des Wissens um die Vergeblichkeit und der Notwendigkeit des Handelns resultiert.

Alles wurde von uns nochmals überaus sorgfältig untersucht; jede Hütte wurde erneut betreten, jeder Hang wurde von Neuem nach Leichen abgesucht, jedes dornige Stück des angrenzenden Hangs wurde noch einmal nach Höhlen und Verstecken durchforstet, aber alles ohne Ergebnis. Und doch schwebten, wie ich bereits gesagt habe, vage und ganz neue Ängste bedrohlich über uns, als ob riesige Greife mit Fledermausflügeln unsichtbar auf den Berggipfeln hocken und mit Höllenaugen starren würden, die schon in transkosmische Abgründe geblickt haben.

Im Laufe des Nachmittags wurde die Sicht immer schlechter, und wir hörten das Grollen eines Gewitters, das sich über dem Tempest Mountain zusammenbraute. Dieses Geräusch an einem solchen Ort beunruhigte uns natürlich, wenn auch weniger als in der Nacht.

So wie es war, hofften wir inständig, dass das Gewitter bis weit nach Einbruch der Dunkelheit anhalten würde, und gaben in dieser Hoffnung unsere ziellose Suche am Berghang auf, um den nächstgelegenen bewohnten Weiler aufzusuchen und eine Gruppe von Siedlern als Helfer für die Untersuchung zu gewinnen.

So scheu sie auch waren, einige der jüngeren Männer waren durch unsere schützende Führung ausreichend motiviert, um eine solche Hilfe zu versprechen.

Wir hatten uns jedoch kaum umgedreht, als ein so heftiger Regenguss niederging, dass wir unbedingt Schutz suchen mussten. Die extreme, fast nächtliche Dunkelheit des Himmels ließ uns herumstolpern, aber geleitet von den häufigen Blitzen und unserer genauen Kenntnis des Weilers erreichten wir bald die am besten gegen Nässe geschützte Hütte von allen; eine wirre Kombination aus Baumstämmen und Brettern, deren noch vorhandene Tür und einziges winziges Fenster beide in Richtung Maple Hill zeigten.

Wir verbarrikadierten die Tür hinter uns gegen den draußen tobenden Wind und den Regen und brachten den groben Fensterladen an, von dem wir aufgrund unserer häufigen Suchen wussten, wo er zu finden war. Es war trostlos, dort auf klapprigen Kisten in der pechschwarzen Dunkelheit zu sitzen, aber wir rauchten Pfeife und ließen gelegentlich unsere Taschenlampen aufleuchten. Ab und zu konnten wir die Blitze durch die Ritzen in der Wand sehen; der Nachmittag war so unglaublich dunkel, dass jeder Blitz sehr deutlich abhob.

Die stürmische Nachtwache erinnerte mich mit Schaudern an meine grausige Nacht auf dem Tempest Mountain. Meine Gedanken kreisten um die seltsame Frage, die ich mir seit dem Albtraum immer wieder stellte; und abermals fragte ich mich, warum der Dämon, der sich uns drei Wachenden entweder vom Fenster oder vom Inneren her genähert hatte, mit den Männern auf jeder Seite begonnen und mich, den mittleren Mann, bis zum Schluss zurückgelassen hatte, als der gewaltige Feuerball ihn verscheucht hatte.

Warum hatte er sich seine Opfer nicht in natürlicher Reihenfolge geholt, mit mir selbst an zweiter Stelle, aus welcher Richtung er sich auch immer genähert hatte? Mit welchen langen Greifarmen hat er seine Beute geholt? Oder wusste er, dass ich der Anführer war, und bewahrte mich für ein Schicksal auf, das schlimmer sein würde als das meiner Begleiter?

Mitten in diese Überlegungen hinein, als ob sie auf dramatische Weise verstärkt werden sollten, kam in der Nähe ein gewaltiger Blitz herunter, gefolgt von einem Geräusch abrutschender Erde. Gleichzeitig steigerte sich das wolfsartige Geräusch des Windes zu einem dämonischen, stetig anschwellenden Heulen.

Wir waren sicher, dass der einsame Baum auf dem Maple Hill erneut getroffen worden war, und Munroe erhob sich von seiner Kiste und ging zu dem kleinen Fenster, um sich den Schaden zu betrachten.

Als er den Fensterladen öffnete, heulten Wind und Regen ohrenbetäubend herein, sodass ich nicht hören konnte, was er sagte; aber ich wartete, während er sich hinauslehnte und versuchte, das Pandämonium der Natur zu ergründen.

Allmählich deuteten der sich beruhigende Wind und das Verschwinden der ungewöhnlichen Dunkelheit auf das Abklingen des Sturms hin. Ich hatte gehofft, dass er bis in die Nacht andauern würde, um uns bei unserer Suche zu helfen, aber ein flüchtiger Sonnenstrahl, der durch ein Astloch hinter mir hereinschien, machte dies unwahrscheinlich.

Ich schlug Munroe vor, dass wir besser Licht hereinlassen sollten, selbst wenn weitere Schauer kämen, und entriegelte und öffnete die grob gezimmerte Tür. Der Boden draußen war eine einzige Masse aus Schlamm und Pfützen, inmitten frischer Erdhaufen, die von einem leichten Erdrutsch herrührten.

Ich konnte nichts erkennen, was das Interesse rechtfertigen würde, mit dem mein Begleiter sich immer noch schweigend aus dem Fenster lehnte, also ging ich zu ihm hinüber und berührte seine Schulter, aber er rührte sich nicht.

Dann, als ich ihn leicht schüttelte und umdrehte, spürte ich die würgenden Fühler eines krebsartigen Grauens, dessen Wurzeln in unermessliche Vergangenheiten und unergründliche Abgründe der Nacht reichten, die jenseits der Zeit brütet.

Arthur Munroe war tot. Und auf dem, was von seinem zerkauten und zerfressenen Kopf übrig geblieben war, war kein Gesicht mehr zu sehen.

*

III. Was das grelle rote Licht bedeutete

In der stürmischen Nacht des 8. Novembers 1921, im Lichtschein einer, unheimliche Schatten werfenden Laterne, grub ich allein und wie ein Verrückter im Grab von Jan Martense herum. Ich hatte am Nachmittag begonnen, als sich ein Gewitter zusammenbraute, und jetzt, da es dunkel war und der Sturm über dem wahnsinnig dichten Laub tobte, überkam mich eine Erleichterung.

Ich glaube, dass die Ereignisse seit dem 5. August meinen Geist teilweise aus dem Gleichgewicht gebracht hatten. Der dämonische Schatten im Herrenhaus, die allgemeine Anspannung und Enttäuschung und der Vorfall, der sich während eines Oktobersturms im Weiler ereignete. Danach hatte ich ein Grab für einen Menschen ausgehoben, dessen Tod ich nicht verstehen konnte. Ich wusste, dass die anderen es auch nicht verstehen würden, und ließ sie glauben, dass Arthur Munroe sich verirrt habe. Sie suchten, fanden aber nichts. Die Siedler hätten es vielleicht verstanden, aber ich wagte nicht, sie noch mehr zu erschrecken.

Ich selbst wirkte seltsam unempfindlich. Der Schock im Herrenhaus hatte etwas mit meinem Gehirn angestellt, und ich konnte nur noch an die

Suche nach einem Grauen denken, das in meiner Fantasie riesige Ausmaße angenommen hatte, eine Suche, so ließ mich das von Arthur Munroe erlittene Schicksal schwören, die ich still und allein durchführen musste.

Der Schauplatz meiner Grabungen hätte allein ausgereicht, um jeden normalen Menschen zu entnerven. Bedrohliche, urzeitliche Bäume, furchterregend in Größe, Alter und Groteske, zeigten sich über mir wie die Säulen eines höllischen Druidentempels. Sie dämpften den Donner, brachten den beißenden Wind zum Schweigen und ließen nur wenig Regen durch.

Hinter den vernarbten Baumstämmen im Hintergrund, die von schwachen, gefilterten Blitzen erhellt wurden, erhoben sich die feuchten, efeubewachsenen Steine des unbewohnten Herrenhauses, während etwas näher der verlassene holländische Garten lag, dessen Wege und Beete von einer weißen, pilzigen, fauligen, übernährten Vegetation verunreinigt waren, die niemals das volle Tageslicht gesehen hatte. Am nächsten um mich herum lag der Friedhof, auf dem verformte Bäume ihre wilden Äste hin- und herwarfen, während ihre Wurzeln ungeweihte Platten anhoben und dem, was darunter lag, das Gift aussaugten.

An manchen Stellen konnte ich unter dem braunen Grabtuch der Laubdecke, die in der vorsintflutlichen Finsternis des Waldes verfaulte und verrottete, die unheimlichen Umrisse einiger jener niedrigen Hügel erkennen, welche die von Blitzen durchfurchte Gegend kennzeichneten.

Die Geschichte hatte mich zu diesem archaischen Grab geführt. Die Geschichte war in der Tat alles, was ich hatte, nachdem alles andere in einem höhnischen Satanismus geendet hatte. Ich glaubte nun, dass die lauernde Angst kein materielles Ding war, sondern ein Gespenst mit Wolfsfängen, das auf den mitternächtlichen Blitzen herunterritt. Und ich glaubte aufgrund der vielen lokalen Überlieferungen, auf die ich bei meiner Suche mit Arthur Munroe gestoßen war, dass es sich um den Geist von Jan Martense handelte, der 1762 gestorben war. Deshalb habe ich wie ein Verrückter in seinem Grab gebuddelt.

Das Martense Herrenhaus wurde 1670 von Gerrit Martense erbaut, einem wohlhabenden Neu-Amsterdamer Kaufmann, dem die veränderte Ordnung unter britischer Herrschaft missfiel und deshalb dieses prächtige Domizil auf einem abgelegenen Waldgipfel errichten ließ, dessen unberührte Einsamkeit und ungewöhnliche

Landschaft ihm gefiel. Der einzige große Nachteil, den er an diesem Ort empfand, war die Tatsache, dass es im Sommer häufig zu heftigen Gewittern kam.

Als Mynheer Martense den Hügel auswählte und sein Herrenhaus baute, hatte er diese häufigen Ausbrüche der Natur auf eine Eigentümlichkeit des betreffenden Jahres zurückgeführt; doch mit der Zeit erkannte er, dass der Ort besonders anfällig für solche Phänomene war. Da er diese Stürme als schädlich für seine Gesundheit empfand, richtete er einen Keller ein, in den er sich vor deren wildesten Ausbrüchen zurückziehen konnte.

Über die Nachkommen von Gerrit Martense ist weniger bekannt als über ihn selbst, da sie alle im Hass auf die englische Kultur aufgewachsen sind und dazu erzogen wurden, diejenigen der Kolonisten zu meiden, die diese akzeptierten.

Sie lebten sehr zurückgezogen, und die Leute sagten, dass ihre Isolation eine Schwerfälligkeit beim Sprechen und Begreifen mit sich gebracht habe. Vom Aussehen her waren sie alle durch eine eigentümliche, vererbte Unähnlichkeit beider Augen gekennzeichnet, von denen eines im Allgemeinen blau und das andere braun war.

Ihre sozialen Kontakte wurden immer seltener, bis sie schließlich dazu übergingen, sich mit den zahlreichen niederen Schichten des Anwesens untereinander zu verheiraten.

Viele aus der auf engstem Raum zusammenlebenden Familie degenerierten, zogen über das Tal und verschmolzen mit der Mischlingspopulation, aus der später die bedauernswerten Siedler hervorgingen. Die Übrigen aber verharrten mürrisch in ihrem angestammten Herrenhaus, wurden immer verschlossener und wortkarger, entwickelten aber eine nervöse Empfindlichkeit gegenüber den häufigen Gewittern.

Die meisten dieser Informationen erreichten die Außenwelt durch den jungen Jan Martense, der sich aus einer Art Unruhe heraus der Kolonialarmee anschloss, als die Nachricht vom Albany-Abkommen auch den Tempest Mountain erreicht hatte. Er war der erste von Gerrits Nachkommen, der viel von der Welt sah; und als er 1760 nach sechs Jahren Feldzug zurückkehrte, wurde er von seinem Vater, seinen Onkeln und Brüdern als Außenseiter gehasst, obwohl auch er die unähnlichen Martense-Augen hatte – eines blau und eines braun.

Er konnte die Eigenheiten und Vorurteile der Martenser nicht mehr teilen, und auch die Berggewitter hatten keine so starke Wirkung mehr auf ihn wie früher. Stattdessen bedrückte ihn seine Umgebung, und er schrieb häufig an einen Freund in Albany über seine Pläne, das väterliche Dach zu verlassen.

Im Frühjahr 1763 war Jonathan Gifford, der Freund von Jan Martense aus Albany, durch das Schweigen seines Briefpartners beunruhigt, insbesondere angesichts der Zustände und Streitigkeiten auf dem Martense-Anwesen. Entschlossen, Jan persönlich aufzusuchen, reiste er zu Pferd in die Berge. Seinem Tagebuch zufolge erreichte er den Tempest Mountain am 20. September und fand das Herrenhaus in einem sehr verwahrlosten Zustand vor. Die mürrischen Martenses, mit ihren merkwürdigen Augen, deren schmutziges, animalisches Aussehen ihn schockierte, erzählten ihm in gebrochenen Kehlkopflauten, dass Jan tot sei. Er sei im Herbst zuvor vom Blitz getroffen worden und liege nun hinter den vernachlässigten, eingesunkenen Gärten begraben.

Sie zeigten dem Besucher das Grab, kahl und ohne Grabstein. Irgendetwas in der Art der

Martenses weckte in Gifford ein Gefühl der Abscheu und des Misstrauens, und eine Woche später kehrte er mit Spaten und Hacke zurück, um die Grabstelle zu untersuchen. Er fand, was er erwartet hatte – einen wie von wilden Schlägen grausam zertrümmerten Schädel. Als er nach Albany zurückkehrte, beschuldigte er die Martenses ganz offen des Mordes an ihrem Verwandten.

Triftige Beweise gab es nicht, aber die Geschichte verbreitete sich schnell im ganzen Land, und von da an waren die Martenses von der Welt geächtet. Niemand wollte mit ihnen etwas zu tun haben, und ihr abgelegenes Anwesen wurde als verfluchter Ort gemieden. Irgendwie schafften sie es, unabhängig von den Erzeugnissen ihres Anwesens weiter dort zu leben, denn gelegentliche Lichter, die von weit entfernten Hügeln aus zu sehen waren, zeugten von ihrer fortdauernden Anwesenheit. Diese Lichter wurden noch bis 1810 gesehen, aber gegen Ende dieses Jahres wurden sie sehr selten.

In der Zwischenzeit kam es um das Anwesen und den Berg herum zu einer teuflischen Legendenbildung. Der Ort wurde ganz besonders gemieden und mit jedem geflüsterten Aberglauben belegt, den die Überlieferung zu bieten hatte. Er blieb bis 1816 unbesucht, bis die Siedler das ständige Fehlen von Lichtern bemerkten. Damals stellte eine Gruppe Nachforschungen an und fand das Haus verlassen und teilweise in Trümmern vor.

Da nirgends Skelette zu finden waren, glaubte man eher an eine Abwanderung als an einen Tod. Der Clan schien schon vor einigen Jahren fortgegangen zu sein, und die improvisierten Erweiterungsbauten verrieten, wie zahlreich er vor seiner Abwanderung angewachsen sein musste.

Sein kulturelles Niveau war wohl sehr tief gesunken, wie verfallene Möbel und verstreutes Tafelsilber belegten, das vor der Abreise seiner Besitzer schon lange nicht mehr benutzt worden war. Doch obwohl die gefürchteten Martenses nicht mehr da waren, hielt die Furcht vor dem Spukhaus an, und sie wurde noch größer, als neue, seltsame Geschichten unter den dekadenten Bergbewohnern aufkamen.

Da war es nun, das Anwesen, verlassen, gefürchtet und verbunden mit dem rachsüchtigen Geist von Jan Martense. Dort stand es auch noch in der Nacht, als ich das Grab von Jan Martense ausgehoben hatte.

Ich habe mein langwieriges Graben als verrückt bezeichnet, und das war es in der Tat auch, in Bezug auf Absicht und Vorgehensweise. Den Sarg von Jan Martense hatte ich bald ausgegraben – er enthielt nur noch Staub und Salpeter – aber in meinem Wahn, seinen Geist hervorzuholen, grub ich unvernünftig und unbeholfen unter der Stelle, wo er gelegen hatte. Gott weiß, was ich zu finden erwartete – ich spürte nur, dass ich im Grab eines Mannes grub, dessen Geist nachts umherschlich.

Es ist unmöglich, zu sagen, welche ungeheure Tiefe ich erreicht hatte, als erst mein Spaten und bald auch meine Füße den Boden unter mir durchbrachen. Das Ereignis war unter den gegebenen Umständen von enormer Bedeutung, denn in der Existenz eines unterirdischen Raumes hier fanden meine verrückten Theorien eine schreckliche Bestätigung.

Bei meinem kurzen Hinfallen war die Laterne ausgegangen, aber ich holte eine elektrische Taschenlampe hervor und betrachtete den kleinen horizontalen Tunnel, der in beide Richtungen unendlich weit erstreckte. Er war groß genug, dass sich ein Mann hindurchschlängeln konnte, und obwohl kein vernünftiger Mensch es zu diesem Zeitpunkt versucht hätte, vergaß ich Gefahr,

Vernunft und Reinlichkeit in meinem unbeirrbaren Fieber, die lauernde Angst zu ergründen. Ich wählte die Richtung zum Haus und kletterte leichtfertig in die enge Höhle. Blind und hastig schlängelte ich mich vorwärts und machte nur selten die Lampe an, die ich vor mir festhielt.

Mit welchen Worten kann man den Anblick eines Mannes beschreiben, der sich in der unendlich abgründigen Erde verirrt hat; der tastend, sich windend, keuchend, wie verrückt durch die versunkenen Windungen der uralten Schwärze kriecht, ohne eine Vorstellung von Zeit, Sicherheit, Richtung oder einem bestimmten Ziel? Es hat etwas Abscheuliches an sich, aber genau das habe ich getan. Ich tat es so lange, bis das Leben zu einer fernen Erinnerung verblasste und ich eins wurde mit den Maulwürfen und Maden der nächtlichen Tiefen.

Tatsächlich war es nur ein Zufall, dass ich nach endlosen Windungen meine schon vergessene elektrische Lampe anzündete, sodass ihr gespenstisches Licht entlang dieses Erdlochs aus verkrustetem Lehm leuchtete, das sich vor mir erstreckte und krümmte.

Ich war schon einige Zeit auf diese Weise herumgekrabbelt, sodass meine Batterie sehr schwach geworden war, als der Gang plötzlich steil nach oben ging und meine Art der Fortbewegung veränderte.

Als ich den Blick hob, sah ich unvorbereitet in der Ferne zwei dämonische Reflexionen meiner erlöschenden Lampe schimmern; zwei Reflexionen, die mit einem unheilvollen und unverkennbaren Glanz glühten und verrückt machende nebulöse Erinnerungen hervorriefen. Ich blieb automatisch stehen, hatte aber nicht mehr genug Verstand, mich zurückzuziehen.

Die Augen kamen näher, doch von dem Ding, zu dem sie gehörten, konnte ich nur eine Klaue erkennen. Aber was für eine Klaue! Dann hörte ich weit über mir ein schwaches Grollen, das ich wiedererkannte. Es war das wilde Donnern des Berges, das sich zu hysterischer Raserei steigerte – ich musste wohl schon eine Weile nach oben gekrochen sein, denn die Oberfläche war nun ziemlich nah. Und während der dumpfe Donner krachte, starrten diese Augen immer noch mit stumpfsinniger Bösartigkeit.

Gott sei Dank wusste ich damals nicht, was es war, sonst wäre ich gestorben. Aber der Donner, der es heraufbeschworen hatte, rettete mich, denn nach einer furchtbaren Zeit des Wartens brach aus dem unsichtbaren Himmel einer jener häufigen, bergwärts gerichteten Blitze hervor, deren Auswirkungen ich hier und da in Form von aufgewühlter Erde und Blitzröhren verschiedener Größe wahrgenommen hatte. Mit zyklopischer Wut durchfuhr er den Boden über dieser verdammten Grube, begrub das Ungeheuer und blendete mich und machte mich taub, ohne mich jedoch völlig in eine Bewusstlosigkeit zu versetzen.

In dem Chaos der rutschenden, sich verschiebenden Erde krallte und zappelte ich hilflos umher, bis mich der Regen auf meinem Kopf beruhigte und ich sah, dass ich an einer vertrauten Stelle an die Oberfläche gekommen war, einem steilen, unbewaldeten Flecken am Südwesthang des Berges. Wiederkehrende Flächenblitze erhellten das abgerutschte Erdreich und die Überreste des merkwürdigen niedrigen Hügels, der sich von dem bewaldeten höheren Hang aus erstreckte, aber in dem Chaos gab es nichts, was mir meinen Ausstieg aus der tödlichen Katakombe zeigen würde. In meinem Kopf herrschte ein ebenso großes Chaos wie auf der Erde, und als von Süden her ein fernes rotes Licht die Landschaft erhellte, wurde mir kaum bewusst, welches Grauen ich gerade durchlebt hatte.

Als mir aber die Siedler zwei Tage später erzählten, was das rote Leuchten bedeutete, empfand ich mehr Entsetzen als das, was der die verschimmelte Erdhöhle, die Klaue und die Augen verursacht hatten, weit schlimmer, wegen der erdrückenden Auswirkungen: In einem zwanzig Meilen entfernten Weiler war auf genau den Blitz, der mich an die Oberfläche gebracht hatte, eine Orgie der Angst gefolgt, denn ein nicht zu beschreibendes Ding hatte sich von einem überhängenden Baum in eine schwach gedeckte Hütte fallen lassen.

Es hatte dort gewütet, aber die Siedler hatten die Hütte in einem Rausch in Brand gesetzt, bevor es entkommen konnte.

Es hatte genau in dem Moment gewütet, als die Erde über diesem Wesen mit der Klaue und den glühenden Augen eingestürzt war.

IV. Das Grauen in den Augen

Der Verstand eines Mannes, der weiß, was ich über die Schrecken von Tempest Mountain wusste, und der sich dennoch auf die Suche nach der dort lauernden Angst macht, kann nicht mehr richtig funktionieren.

Die Tatsache, dass mindestens zwei der Verkörperungen der Angst vernichtet worden waren, war nur ein geringer Trost hinsichtlich geistiger und körperliche Sicherheit in dieser unterweltlichen Flut des vielgestaltigen Diabolismus; trotzdem setzte ich meine Suche mit noch größerem Eifer fort, als die Ereignisse und Enthüllungen immer ungeheuerlicher wurden.

Als ich zwei Tage nach meinem schrecklichen Kriechen durch die Krypta mit den Augen und der Klaue erfuhr, dass im selben Moment, während diese Augen mich anstarrten, zwanzig Meilen entfernt ein weiteres Wesen bösartig umherging, bekam ich regelrechte Schreckenskrämpfe. Aber dieser Schrecken war so sehr mit Verwunderung und verlockender Groteske vermischt, dass er fast zu einem angenehmen Gefühl wurde.

Manchmal, umklammert von den Qualen eines Albtraums, wenn unsichtbare Mächte einen über die Dächer fremder, toter Städte hin zum grinsenden Abgrund von Nis wirbeln, ist es eine Erleichterung und sogar ein Vergnügen, wild zu schreien. Man wirft sich bereitwillig in den abscheulichen Strudel des geträumten Verderbens und stürzt sich in welche Schlucht auch immer, die da gähnen mag.

Und so war es auch mit dem Albtraum von Tempest Mountain. Die Entdeckung, dass zwei Ungeheuer diesen Ort heimgesucht hatten, weckte in mir schließlich das wahnsinnige Verlangen, mich in die Erde der verfluchten Gegend hineinzustürzen und mit bloßen Händen den Tod auszugraben, der aus jedem Zoll des vergifteten Bodens grinste.

So bald wie möglich ging ich wieder zum Grab von Jan Martense und grub dort, wo ich bereits zuvor gegraben hatte, allerdings vergeblich. Ein beträchtlicher Einsturz hatte alle Spuren des unterirdischen Ganges verwischt, und der Regen hatte so viel Schlamm in die Grube zurückgespült, dass ich nicht sagen konnte, wie tief ich an diesem anderen Tag gegraben hatte.

Ich begab mich außerdem auf eine beschwerliche Reise zu dem entfernten Weiler, in dem die Todeskreatur verbrannt worden war, und wurde für meine Mühe kaum belohnt. In der Asche der verhängnisvollen Hütte fand ich mehrere Knochen, aber offenbar keine des Monsters. Die Siedler sagten, das Ding habe nur ein Opfer gefunden; aber in dieser Hinsicht hielt ich sie für ungenau, denn neben dem vollständigen Schädel eines Menschen gab es noch ein weiteres knöchernes Fragment, das mit Sicherheit irgendwann einmal zu einem menschlichen Schädel gehört haben musste.

Obwohl man das schnelle Herunterfallen des Ungeheuers beobachtet hatte, konnte niemand genau sagen, wie das Wesen aussah. Diejenigen, die es gesehen hatten, nannten es einfach einen Teufel.

Als ich den großen Baum untersuchte, in dem es gelauert hatte, konnte ich keine markanten Spuren entdecken. Ich versuchte, irgendwelche Fährten zu finden, die in den schwarzen Wald hinein führten, aber diesmal konnte ich den Anblick dieser krankhaft großen Baumstümpfe oder dieser riesigen schlangenartigen Wurzeln, die sich so bösartig verschlangen, bevor sie in die Erde verschwanden, nicht ertragen.

Als Nächstes untersuchte ich erneut mit mikroskopischer Sorgfalt den verlassenen Weiler, in dem der Tod eine so üppige Ernte eingefahren hatte und in dem Arthur Munroe etwas gesehen hatte, das er nicht mehr beschreiben konnte.

Trotz der Tatsache, dass meine früheren vergeblichen Nachforschungen äußerst gründlich vorgenommen worden waren, hatte ich nun neue Anhaltspunkte, die ich überprüfen konnte, denn mein grauenvolles Herumkriechen im Grab hatte mich davon überzeugt, dass zumindest eine der Erscheinungen des Monsters eine unterirdische Kreatur gewesen war.

Dieses Mal, am 14. November, galt meine Suche vor allem den Hängen des Cone Mountain und des Maple Hill, die den unglücklichen Weiler überblicken. Ich schenkte dort dem lockeren Boden im Bereich des Erdrutsches auf der letztgenannten Anhöhe meine besondere Aufmerksamkeit.

Der Nachmittag meiner Suche brachte nichts ans Licht, und die Dämmerung brach bereits herein, als ich auf dem Maple Hill stand und hinunter auf den Weiler und über das Tal hinweg zum Tempest Mountain blickte.

Der Sonnenuntergang war wunderbar gewesen, und nun ging der Mond auf, fast voll, und warf einen silbernen Schein über die Ebene, den fernen Berghang und die seltsamen niedrigen Hügel, die sich hier und da erhoben.

Es war ein friedlicher und idyllischer Anblick, aber da ich wusste, was sich dahinter verbarg, hasste ich ihn. Ich hasste den spöttischen Mond, die heuchlerische Ebene, den verfaulenden Berg und diese finsteren Hügel. Alles schien mir mit einer abscheulichen Seuche behaftet und von einem abscheulichen Pakt mit verzerrten und verborgenen Mächten beseelt zu sein.

Plötzlich, während ich gedankenverloren auf das vom Mond beschienene Panorama blickte, fiel mir etwas Besonderes an der Art und Anordnung bestimmter topografischer Elemente auf. Ohne genaue Kenntnisse der Geologie zu haben, hatte ich mich von Anfang an für die seltsamen Hügel und Erdbuckel in der Gegend interessiert. Ich bemerkte, dass sie ziemlich weit um den Tempest Mountain herum verteilt waren, wenn auch weniger zahlreich in der Ebene als in der Nähe des Gipfels selbst, wo die prähistorische Eiszeit, mit ihren markanten und fantastischen Launen, zweifellos auf schwächeren Widerstand gestoßen war.

Jetzt, im Licht des tief stehenden Mondes, der lange, unheimliche Schatten warf, sah ich deutlich, dass die verschiedenen Punkte und Linien des Hügelsystems in einer besonderen Beziehung zum Gipfel des Tempest Mountain standen. Dieser Gipfel war unbestreitbar ein Zentrum, von dem aus die Linien oder Reihen von Punkten unendlich und unregelmäßig ausstrahlten, als ob das unheilvolle Haus Martense sichtbare Tentakel des Schreckens ausgestreckt hätte.

Der Gedanke an solche Tentakel brachte mich in helle Aufregung. Ich hielt inne, um darüber nachzudenken, warum ich diese Hügel für ein Phänomen der Eiszeit hielt. Doch je mehr ich dies tat, desto weniger glaubte ich daran. Gegen meinen neuen, sich öffnenden Verstand, hämmerten groteske und schreckliche Parallelen, die auf äußerlichen Aspekten und auf meinen Erfahrungen unter der Erde beruhten.

Ehe ich mich versah, stotterte ich wilde und unzusammenhängend Worte vor mich hin: 'Mein Gott! ... Maulwurfshügel ... der verdammte Ort muss wie eine Bienenwabe durchlöchert sein ... wie viele ... in jener Nacht im Herrenhaus ... sie holten Bennett und Tobey zuerst ... auf jeder Seite ... '

Dann grub ich mich hektisch in den Hügel hinein, der sich am nächsten vor mir ausstreckte. Ich grub, verzweifelt, zitternd, aber fast jubelnd. Ich grub, und schließlich schrie ich laut auf, mit einer in diesem Moment ziemlich unangebrachten Erregung, als ich auf einen Tunnel oder einen Bau stieß, der genauso aussah wie jener, durch den ich in der dämonischen Nacht gekrochen war.

Danach, so erinnere ich mich, bin ich mit dem Spaten in der Hand losgerannt. Es war abscheulicher Lauf über vom Mond beschienene, von Erdhügeln durchsetzte Wiesen und durch kranke, steile Abgründe der verwunschenen Wälder an den Berghängen – hüpfend, schreiend, keuchend, bis hin zum schrecklichen Martense Herrenhaus.

Ich erinnere mich, wie ich blindlings in allen Teilen des mit Dornengestrüpp überwucherten Kellers gegraben habe, um den Kern und das Zentrum dieses bösartigen Universums von Hügeln zu finden. Und dann erinnere ich mich daran, wie ich lachte, als ich auf den Durchgang stolperte – das Loch im Fundament des alten Schornsteins, wo dichtes Unkraut wucherte und im Licht der einzigen Kerze, die ich zufällig dabei hatte, seltsame Schatten warf.

Was in diesem Höllenloch noch lauern würde und auf den Donner wartete, um erweckt zu werden, wusste ich nicht. Zwei waren getötet worden; vielleicht war es damit vorbei. Aber noch immer blieb die brennende Entschlossenheit, dem innersten Geheimnis der Angst auf die Spur zu kommen, das ich nun wieder als erfassbar, echt und lebendig empfand.

Meine unentschlossenen Überlegungen, ob ich den Gang allein und sofort und nur mit meiner Taschenlampe erkunden oder versuchen sollte, eine Gruppe von Siedlern für die Suche zu versammeln, wurden nach einiger Zeit durch einen plötzlichen Windstoß von draußen unterbrochen, der die Kerze ausblies und mich in tiefster Dunkelheit zurückließ.

Der Mond schien nicht mehr durch die Ritzen und Spalten über mir, und mit einem Gefühl verhängnisvoller Beklemmung hörte ich das unheimliche und bedeutungsschwere Grollen eines herannahenden Gewitters. Ein Wirrwarr miteinander verknüpfter Ideen bemächtigte sich meines Gehirns und brachte mich dazu, mich in die hinterste Ecke des Kellers zurück zu tasten. Mein Blick wandte sich jedoch nie von der schrecklichen Öffnung am Fuß des Schornsteins ab. Nach und nach erkannte ich die bröckelnden Ziegelsteine und das schädliche Unkraut, während schwache Blitze in den Wald draußen eindrangen und die Ritzen im oberen Teil der Wand erhellten. In jeder Sekunde war ich von einer Mischung aus Angst und Neugierde erfüllt. Was würde der Sturm hervorlocken – oder gab es nichts mehr, das er hervorlocken konnte? Geleitet vom Lichtstrahl eines Blitzes hockte ich mich hinter ein dichtes Gestrüpp, durch das ich die Öffnung sehen konnte, ohne selbst gesehen zu werden.

Wenn der Himmel gnädig ist, wird er eines Tages den Anblick, den ich gesehen habe, aus meinem Bewusstsein streichen und mich meine letzten Jahre in Frieden leben lassen. Ich kann jetzt nachts nicht schlafen und muss Opiate nehmen, wenn es donnert.

Alles kam plötzlich und unangekündigt; ein dämonisches, rattenartiges Huschen aus entlegenen und unbekannten Gruben, ein höllisches Keuchen und ersticktes Grunzen, und dann, aus der Öffnung unter dem Schornstein, ein Ausbruch von vielköpfigem, aussätzigem Leben – eine abscheuliche, nächtliche Flut organischer Verderbnis, verheerender und abscheulicher als die finstersten Vorstellungen von sterblichem Wahnsinn und Morbidität.

Überschäumend, kochend, aufbrausend, blubbernd wie Schlangenschleim, quoll es hoch und hinaus aus dem gähnenden Loch. Es verbreitete sich wie eine septische Seuche und strömte aus dem Keller, an jeder Stelle, an der es austreten konnte – strömte heraus, um sich in den verfluchten mitternächtlichen Wäldern zu verteilen und Angst, Wahnsinn und Tod zu verbreiten.

Gott allein weiß, wie viele es waren – es müssen Tausende gewesen sein. Es war grauenhaft, den Strom von ihnen in diesem schwachen, unterbrochenen Blitzen zu sehen.

Als sie sich so weit verteilt hatten, dass man sie als einzelne Wesen unterscheiden konnte, sah ich, dass es zwergenhafte, deformierte haarige Teufel oder Affen waren – monströse und diabolische Karikaturen der Affengattung.

Sie waren so entsetzlich still; es gab kaum ein Quieken, als sich einer der letzten Nachzügler mit der Geschicklichkeit langer Übung umdrehte, um nach gewohnter Manier eine Mahlzeit aus einem schwächeren Kameraden zu machen. Die anderen schnappten sich das, was er übrig ließ, und fraßen, sabbernd und mit sichtlichem Genuss.

Dann siegte, trotz meines Schreckens und Ekels, meine morbide Neugier, und als das letzte der Monstrositäten allein aus dieser Unterwelt unbekannter Albträume auftauchte, zog ich meine automatische Pistole und erschoss es im Schutze des Donnerschlags.

Kreischende, schlängelnde, ungestüme Schatten aus rotem, zähflüssigem Wahnsinn, jagten einander durch endlose, blutrote Korridore des purpurnen, glühenden Himmels … formlose Phantasmen und kaleidoskopische Mutationen einer in schauerlicher Erinnerung bleibenden Szene; Wälder voller monströser, übernährter Eichen mit Schlangenwurzeln, die sich winden und unaussprechliche Säfte aus einer Erde saugen, die von Millionen kannibalischer Teufel verpestet ist; hügelartige Tentakel, die aus unterirdischen Zellkernen polypenartiger Perversion tasten … irre Blitze über von bösartigen Efeuranken überzogenen Mauern und dämonischen Arkaden, die von pilzartiger Vegetation erstickt werden …

Dem Himmel sei Dank für den Instinkt, der mich unbewusst an Orte zurückführte, wo Menschen wohnen; zu dem friedlichen Dorf, das unter den ruhigen Sternen des klaren Himmels schlief.

Innerhalb einer Woche hatte ich mich genügend erholt und konnte eine Gruppe von Männern nach Albany holen, um das Martense-Haus und den gesamten Gipfel des Tempest Mountain mit Dynamit in die Luft zu sprengen, alle entdeckbaren Hügelgräben zu verstopften und bestimmte übernährte Bäume zu fällen, deren bloße Existenz eine Beleidigung der Vernunft zu sein schien.

Nachdem sie dies getan hatten, konnte ich ein wenig schlafen, aber wirkliche Ruhe wird es nie geben, solange ich mich an das unbekannte Geheimnis der lauernden Angst erinnere.

Die Sache wird mich verfolgen, denn wer kann sagen, dass sie wirklich vollständig ausgerottet sind und ob es nicht irgendwo sonst auf der Welt ähnliche Phänomene gibt?

Wer kann, mit dem Wissen, das ich habe, an die unbekannten Höhlen der Erde denken, ohne eine albtraumhafte Furcht vor zukünftig möglichen Geschehnissen zu haben? Ich kann keinen Brunnen oder eine unterirdische Bahn sehen, ohne zu erschaudern ... warum können mir die Ärzte nicht etwas geben, das mich schlafen lässt, oder mein Gehirn wirklich beruhigt, wenn es donnert?

Was ich im Schein meiner Taschenlampe gesehen hatte, nachdem ich den unaussprechlichen Nachzügler erschossen hatte, war so deutlich, dass fast eine Minute verging, bevor ich es begriffen hatte und fast wahnsinnig wurde.

Das Ding war ekelhaft; ein schmutziges, blasses, gorillaähnliches Wesen mit spitzen gelben Reißzähnen und verfilztem Fell. Es war das ultimative Ergebnis einer Degeneration der zu den säugenden Lebensformen gehörigen Wesen; das schreckliche Ergebnis isolierter, von Inzucht geprägter Vermehrung und kannibalischer Ernährung über und unter der Erde; die Verkörperung all des fauchenden Chaos und der grinsenden Angst, die hinter dem Leben lauern.

Es hatte mich angesehen, als es starb, und seine Augen hatten dieselbe merkwürdige Eigenheit aufgewiesen, wie die anderen Augen, die mich unter der Erde angestarrt hatten und trübe Erinnerungen hervorriefen. Eines war blau, das andere braun. Es waren die ungleichen Augen der Martenses aus den alten Legenden, und ich wusste in einem mich erstickenden Schlag stummen Grauens, was aus dieser verschwundenen Familie geworden war, aus dem schrecklichen, vom Donner in den Wahnsinn getriebenen Geschlecht der Martense.

Weird Tales, Ausgabe Juni 1928, darin enthalten die
Horrorgeschichte von H.P. Lovecraft –
'The Lurking Fear / die lauernde Angst'.